AF358286

ESTAMPES

Anciennes

Imprimées en Noir et en Couleurs

DES ÉCOLES FRANÇAISE ET ANGLAISE

du XVIIIᵉ Siècle

✠

DÉCEMBRE 1907

✠

ESTAMPES ANCIENNES

Imprimées en noir et en couleurs

DES ÉCOLES FRANÇAISE ET ANGLAISE

du XVIIIᵉ Siècle

PORTRAITS

CONDITIONS DE LA VENTE

Elle sera faite au comptant.

Les adjudicataires paieront *dix pour cent* en sus des enchères.

L'Exposition mettant le public à même de se rendre compte de l'état des gravures mises en vente, aucune réclamation ne sera admise, une fois l'adjudication prononcée.

L'Expert remplira aux conditions d'usage les commissions que MM. les amateurs voudront bien lui confier.

Toutes les gravures sont encadrées.

CATALOGUE
D'ESTAMPES

Anciennes du XVIIIᵉ Siècle

DES ÉCOLES FRANÇAISE & ANGLAISE

Imprimées en Noir et en Couleurs

PORTRAITS

PAR OU D'APRÈS

ANSELL, BAUDOUIN, BOILLY, BOUCHER, BOUNIEU,
CHARDIN, COSWAY, COUSINS, DEBUCOURT, DEMARTEAU,
DOWNMAN, EARLOM, FRAGONARD,
FREUDENBERG, GAINSBOROUGH, GÉRARD, GREUZE, HOIN, HUET,
JANINET, KAUFFMAN, KNELLER, LAVREINCE,
LAWRENCE, LE BRUN, LE PRINCE, METZU, MOREAU LE JEUNE,
PATER, PERNET, PETERS, REYNOLDS, ROBERT,
ROWLANDSON, SCHALL, SHERWIN, SMITH, WATTEAU,
WESTALL, WILLE, etc., etc.

GRAVURES EN COULEURS MODERNES

par BERTHON, MULLER, VORUZ, WILLETTE.

Dont la Vente aux Enchères publiques aura lieu

HOTEL DROUOT, SALLE Nº 6

Le Vendredi 20 Décembre 1907, à deux Heures

Commissaire-Priseur :	*Expert :*
Mᵉ André COUTURIER	**Mʳ Paul ROBLIN**
Successeur de Mᵉ Léon Tual	Marchand d'Estampes
56, Rue de la Victoire, 56	65, Rue St-Lazare, 65

EXPOSITION PUBLIQUE

Le Jeudi 19 Décembre 1907, de 1 h. 1/2 à 6 heures.

Estampes Anciennes

ADAM (d'après Albert)

1. — Fille de l'Air. — Gladiateur. Deux lithographies
in-fol. en larg.

Belles épreuves coloriées.

ANONYME

2. — Jeune femme à sa fenêtre, tenant un bouquet de
fleurs. Gravure à la manière noire.

Belle épreuve sans marges.

ANSELL (d'après Cha')

3. — Refreshment at St-Gille's. — Refreshment at St-
James's.

Deux pièces en larg. faisant pendants, gravées par
Geo. Townly Stubbs.

Belles épreuves en couleurs. Petites marges, encadrées.

BARTOLOZZI (Fr.)

4. — *Rosalba* (La Signora). Petit ovale d'après elle-même. *Walter excudit.*

Très belle épreuve, imprimée en couleurs, marges, encadrée.

BAUDOUIN (d'après P.-A.)

5. — Le Curieux, par P. Maleuvre (E. B. 17).

Très belle épreuve, petites marges, encadrée.

BAUDOUIN (d'après P.-A.)

6. — Le Léger Vêtement, par Chevillet (28).

Belle épreuve, petites marges, encadrée.

BAUDOUIN (d'après P.-A)

7. — Le Lever, par J.-J. Haid. In-4 à la manière noire (29 *bis*).

Très belle épreuve, petites marges, encadrée.

BÉNARD (d'après)

8. — Repos de Chasse. (Portrait de la Comtesse du Barry), par Moitte, in-fol.

Belle épreuve, marges, encadrée.

BERTHON (Paul)

9. — Le Pont au change.

Gravure en couleurs.

BOILLY (d'après L.)

10. — L'Amour couronné. — L'Optique. Deux pièces in-fol.
faisant pendants, gravées par Cazenave.

Très belles épreuves, la première est avant toutes lettres,
marges, encadrées.

BOILLY (d'après L.)

11. — 1re Scène de Voleurs. — 2e Scène de Voleurs. Deux
pièces faisant pendants, gravées par Gror, en
larg.

Belles épreuves, grandes marges.

BOILLY (d'après L.)

12. — Les Petites coquettes. — Les Petits soldats. Deux
pièces faisant pendants, gravées par Gudin.

Très belles épreuves, imprimées en couleurs, marges.

BONNET (Louis)

13. — Portrait de Mlle Carle Vanloo, d'après le dessin de
son père. Petit in-fol.

Très belle épreuve à la sanguine, grandes marges, encadrée.

BOREL (d'après Ant.)

14. — Le Bourgeois maltraité, par Morret. In-4.

Très belle épreuve imprimée en couleurs, rognée au trait carré, la légende écrite à la plume. Cadre ancien en bois sculpté et doré du temps de Louis XVI.

BOUCHER (d'après Fr.)

15. — Les Amusements de l'hiver, par J. Daullé. In-fol. en larg.

Très belle épreuve, marges, encadrée. (Légères restaurations).

BOUCHER (d'après Fr.)

16. — Le Matin, portrait de Mme de Prie.
Le Midy, portrait de Mlle Davesne.
L'Après-Diné, portrait de Mlle Sallé.
Le Soir, portrait de Mlle Guimard.

Suite de quatre pièces, gravées par Petit.

Très belles épreuves, petites marges, encadrées.

BOUCHER (d'après Fr.)

17. — Personnages chinois, modèles pour tapisseries.

Quatre pièces gravées par Aveline.

Très belles épreuves coloriées du temps, avec montages de Glomy (signés), encadrées.

BOUCHER (d'après Fr.)

18. — La Sagesse et la Justice, par L. Bonnet. Grand
in-4.

Très belle épreuve gravée en imitation de crayon, rehaussée
de blanc sur papier bleu, marges, encadrée.

BOUNIEU (d'après)

19. — La Confidence, par Jubier.

Epreuve imprimée en couleurs, petites marges, encadrée.

BOUNIEU (d'après)

20. — Les Regrets inutiles, par L. Marin.

Belle épreuve imprimée en couleurs, petites marges.

BRÉHAN (d'après Mme la M^{ise} de)

21. — *Marie-Antoinette* en prison, par G. Keating.
Ovale in-fol.

Belle épreuve, petites marges, doublée.

CALLOT (Jacques)

22. — Les Caprices. Vingt pièces.

Epreuves réunies dans un cadre.

CAZENAVE

23. — Sapho, in-fol.

Très belle épreuve, imprimée en couleur , petites marges, encadrée.

CHARDIN (d'après J.-B.-S.)

24. — La Blanchisseuse. — La Fontaine. Deux pièces en larg. faisant pendants, gravées par C.-N. Cochin. (E. B. 6. — 21 A.)

Très belles épreuves, petites marges.

CHARDIN (d'après J.-B.-S.)

25. — La Gouvernante, par Lépicié, 1739 (24).

Belle épreuve, marges, encadrée.

CHARDIN (d'après J.-B.-S.)

26. — La Mère Laborieuse, par Lépicié, 1740. (35. A).

Très belle épreuve, marges, cadre en baguette dorée ancienne.

CHAZAL (A.)

27. — Bouquets de fleurs. Deux pendants, 1820, gr. in-4°.

Très belles épreuves imprimées en couleurs, petites marges, encadrées.

CIPRIANI (d'après)

28. — Erato. — Terpsichore. Deux pièces ovales faisant pendants, gravées par Robillac. In-4°. *A Paris, chez Chaillou.*

Très belles épreuves, imprimées à la sanguine, grandes marges, encadrées.

COSWAY (d'après M.)

29. — *Cosway* (Maria), d'après elle-même, in-4°.

Belle épreuve imprimée en couleurs, petites marges.

COSWAY (d'après R.)

30. — *Eon de Beaumont* (Mlle la Chevalière d'), par Th. Chambers, in-8°.

Belle épreuve imprimée en bistre, marges, encadrée.

COSWAY (d'après R.)

31. — *Fitzherbert* (M⁽ᵐᵉ⁾), par A. Roffe, in-8°.

Belle épreuve, grandes marges, encadrée.

COSWAY (d'après R.)

32. — Affection. — Education. — Instruction. — Henry. Quatre pièces gravées par J.-R. Smith, in-4°.

Belles épreuves imprimées en bistre et en couleurs, marges, encadrées.

COUSINS (Samuel)

33. — *Hope* (Master), d'après Sir Thomas Lawrence, in-4°.

Très belle épreuve avec la petite lettre, grandes marges, encadrée.

COUSINS (Samuel)

34. — *Lambton* (Master), d'après Sir Joshua Reynolds, 1827, in-fol. à la manière noire.

Très belle épreuve du 3ᵉ état, avec les mots : *Printed by W. Chatfilld and Cᵒ* effacés. Très grandes marges, encadrée.

DEBUCOURT (P.-L.)

35. — Le Menuet de la Mariée (M. F. 8).

Très belle épreuve imprimée en couleurs, sans marges, la légende dessinée à la plume, encadrée. (L'épreuve a été pliée dans le haut.)

DEBUCOURT (P.-L.)

36. — Oui, son arrivée fera notre bonheur. A la manière noire, in-fol (60).

Très belle épreuve du 3ᵉ état, avec la signature et la lettre blanche, sans marges de trois côtés.

DEMARTEAU (Gilles)

37. — Tête de femme renversée en arrière à droite, les yeux au ciel, l'épaule gauche relevée, d'après Fr. Boucher. In-4° (149).

Très belle épreuve aux crayons de couleurs, sans marges.

DEMARTEAU (Gilles)

38. — Tête de vieille femme, enveloppée d'un voile, pen-
chée de face, regardant à droite, les yeux baissés,
d'après Fr. Boucher. In-4° (150).

Très belle épreuve aux crayons de couleurs, sans marges.

DEMARTEAU (Gilles)

39. — Tête de femme, les yeux au ciel, de profil à droite,
perles dans les cheveux, tombant sur la nuque,
boucles venant par devant, d'après Fr. Boucher.
In-4° (155).

Très belle épreuve aux crayons de couleurs, sans marges.

DEMARTEAU (Gilles)

40. — Buste de jeune fille accoudée à gauche, la tête pen-
chée, cheveux relevés par un ruban, corsage
décolleté, lacé par devant avec des lacets rouges,
d'après Fr. Boucher. In-4° (187).

Très belle épreuve aux crayons de couleurs, petites marges.

DEMARTEAU (Gilles)

41. — Les Grâces et l'Amour, d'après Fr. Boucher (347).

Très belle épreuve aux crayons de couleurs, petites marges,
encadrée.

DEMARTEAU (Gilles)

42. — Femme couchée à terre, drapée d'une étoffe **rayée**, de profil à droite avec un enfant couché près d'elle et un autre cherchant à grimper à un arbre. — Bacchante assise sur une peau de tigre, de profil à gauche, un enfant penché sur son épaule lui donne un baiser, à un autre, couché à ses pieds, elle tend une grappe de raisin. Deux pièces ovales in-4°, faisant pendants, d'après Lebarbier.

Belles épreuves aux crayons de couleurs, sans marges, encadrées.

DEMARTEAU (Gilles)

43. — Deux jeunes paysannes, tournées à gauche et **por**tant l'une un paquet sous son bras, l'autre sur **la** tête.

Très belle épreuve à la sanguine, grandes marges, encadrée.

DEMARTEAU (Gilles)

44. — La Laitière, d'après J.-B. Huet (407).

Très belle épreuve aux crayons de couleurs, petites marges. (Légère restauration dans le haut).

DEMARTEAU (Gilles)

45. — Le Midi. — L'Après-Midi. Deux pièces faisant pendants, d'après J.-B. Huet (547-548).

Belles épreuves imprimées aux crayons de couleurs, encadrées. (La première est rognée à l'ovale et remargée).

DEMARTEAU (Gilles)

46. — Femme jouant du Chalumeau (551). — Pastorale (568). Deux pièces in-4 en larg. faisant pendants, d'après Fr. Boucher.

Belles épreuves aux crayons de couleurs, petites marges, encadrées. (La première a les coins refaits).

DIVERS

47. — Sous ce numéro, il sera vendu environ cinquante gravures anciennes encadrées des Écoles Française et Anglaise du XVIII⁰ siècle.

Épreuves imprimées en noir et en couleurs.

DOWNMAN (d'après J.)

48. — Tom Jones. Deux pièces in-fol. en larg. faisant pendants, gravées par Peter Simon, 1789.

Très belles épreuves imprimées en couleurs, grandes marges.

DYCK (d'après Ant. Van)

49. — Les Comtesses. Six portraits grand in-4 gravés par Lombart.

Très belles épreuves, petites marges, dans deux cadres.

EARLOM (Richard)

50. — A Fruit pièce. — A Flower pièce. Deux pièces faisant pendants, gravées à la manière noire, d'après **Van Huysum.**

Très belles épreuves avant la lettre, les noms d'artistes tracés à la pointe, marges, encadrées.

ECOLE ANGLAISE

51. — Bergère avec ses moutons. Petit ovale, sans noms
d'artistes, mais avec le monogramme J. F. S.

Très belle épreuve imprimée en couleurs, petites marges.

52. — La même estampe.

Très belle épreuve imprimée en bistre, petites marges.

ECOLE ANGLAISE

53. — Cecilia Evrard. — Sophronia. Deux pièces in-4
ovales.

Très belles épreuves imprimées en couleurs, à toutes
marges, encadrées.

ECOLE ANGLAISE

54. — La Danse. — Sacrifice sur l'Autel de l'Amour.
Deux pièces in-4 en médaillon, faisant pendants.

Belles épreuves imprimées en couleurs, sans marges, encadrées.

ECOLE ANGLAISE

55. — Petite fille au chien.

Belle épreuve imprimée en bistre, sans marges.

FRAGONARD (d'après H.)

56. — Le Baiser amoureux. — L'Instant désiré. Deux pièces faisant pendants, réduction in-4 ancienne des gravures de Marchand. *A Paris, chez Esnauts et Rapilly.*

Belles épreuves sans marges de trois côtés, encadrées.

FRAGONARD (d'après H.)

57. — Le Baiser à la dérobée, par N.-F. Regnault, in-fol. en larg.

Très belle épreuve rehaussée de couleurs, petites marges, encadrée.

FRAGONARD (d'après H.)

58. — La Bonne Mère, par Audebert, in-4.

Très belle épreuve imprimée en couleurs, avant l'adresse, marges, cadre en baguette dorée.

FRAGONARD (d'après H.)

59. — Le Colin-Maillard, par Beauvarlet.

Très belle épreuve, sans marges de trois côtés, encadrée.

FRAGONARD (d'après H.)

60. — L'Éducation fait tout, par N. de Launay.

Très belle épreuve avec les noms d'artistes tracés à la pointe au-dessous du trait carré, marges, encadrée.

FRAGONARD (d'après H.)

61. — Fant-Fant. Petit ovale gravé par Delancau. *A Paris, chez Mme Berton.*

Très belle épreuve imprimée en couleurs, grandes marges.

FRAGONARD (d'après H.)

62. — L'Heureuse Fécondité, par N. de Launay.

Très belle épreuve avec des salissures de burin dans le bas, marges, encadrée.

FRAGONARD (d'après H.)

63. — Le Pot au Lait. — Le Verre d'eau. Deux pièces en largeur faisant pendants, gravées par N. Ponce.

Très belles épreuves, marges, encadrées.

FRAGONARD (d'après H.)

64. — La Coupe enchantée. — Le Gascon puni. — Le Magnifique. Trois pièces in-4, par Dupréel, Tilliard et Trière.

Belles épreuves, petites marges, encadrées.

FREUDENBERG (d'après S.)

65. — La Gaieté conjugale, par N. de Launay.

Très belle épreuve, marges, encadrée.

GAINSBOROUGH (d'après Tho')

66. — *George Prince of Wales* (To his Royal Highness).
*This plate of col^ St Leger is most humbly ins-
crived*, par G. Dupont, à la manière noire, in-fol.

Très belle épreuve, marges. Cadre ancien en bois sculpté et
doré du temps de Louis XVI.

GÉRARD (d'après Mlle)

67. — L'Étude de la Musique, in-fol.

Belle épreuve, imprimée en couleurs, sans marges. Cadre
ancien en bois sculpté et doré de l'époque Louis XVI.

GÉRARD (d'après Mlle)

68. — Les Regrets mérités, par N. de Launay.

Très belle épreuve, marges, encadrée.

GILLRAY (A.)

69. — A Fruct Shop lounge, 1786.

Belle épreuve en couleurs, petites marges, encadrée.

GREUZE (d'après J.-B.)

70. — Le Malheur imprévu, par R. de Launay.

Très belle épreuve avant la dédicace, marges.

GREUZE (d'après J.-B.)

71. — La Petite mère. — La Jeune nourrice. Deux char-
mantes pièces in-4, faisant pendants, gravées par
P.-A. Moitte.

Très belles épreuves, marges.

GREUZE (d'après J.-B.)

72. — La Philosophie endormie. (Portrait de Mme Greuze),
par Aliamet. In-fol.

Très belle épreuve, petites marges, encadrée.

GUYOT

73. — Habitations anglaises. Deux pièces en médaillons.

Belles épreuves imprimées en couleurs, sans marges, encadrées.

HOIN (d'après Cl.)

74. — L'Écueil de la Sagesse. — Le Prélude Amoureux.
Deux pièces faisant pendants, gravées par
Demouchy.

Belles épreuves avant la lettre, petites marges, encadrées.

HOPPNER (d'après J.)

75. — *Sophia* (Her Royal Highness Princess), par Caroline Watson, 1786, in-8.

Très belle épreuve, grandes marges, encadrée.

HUBERT de Genève (d'après)

76. — Les Prémices du Printemps. — Les Trésors de
l'Automne. Deux pièces faisant pendants, d'après
Pomel, in-4.

Belles épreuves, grandes marges.

HUET (d'après J.-B.)

77. — La Chèvre bien aimée, par L. Bonnet, in-4.

Très belle épreuve imprimée en couleurs, grandes marges,
encadrée.

HUET (d'après J.-B.)

78. — Le Coq Secouru, par L. Bonnet.

Très belle épreuve imprimée en couleurs, petites marges,
encadrée.

HUET (d'après J.-B.)

79. — Le Départ du Marché, par Legrand, in-4 en larg.
(n° 972).

Belle épreuve imprimée en couleurs, grandes marges, encadrée.

HUET (d'après J.-B.)

80. — Le Marchand d'orviétan de campagne, petit in-8
en larg., gravé à la manière de lavis par Le Cam-
pion.

Belle épreuve encadrée.

HUET (d'après J.-B.)

81. — Le Maître de Musique, par L. Bonnet.

Très belle épreuve imprimée en couleurs, sans marges, encadrée.

HUET (d'après J.-B.)

82. — Le Midi. — Le Soir. Deux pièces faisant pendants, par L. Bonnet, in-4.

Belles épreuves imprimée en couleurs, petites marges, encadrées.

HUET (d'après J.-B.)

83. — Offrande à l'amitié, par Jubier.

Belle épreuve imprimée en couleurs, petites marges, encadrée.

HUET (d'après J.-B.)

84. — Pastorale, par L. Bonnet.

Très belle épreuve imprimée en couleurs, sans marges, encadrée.

JANINET (Fr.)

85. — *Colombe l'Aînée* (Mlle), d'après Le Moine. Ovale in-8.

Belle épreuve imprimée en couleurs, sans marges, encadrée.

JANINET (Fr.)

86. — Bacchus préside à la fête, d'après Caresme, in-4 en largeur.

Très belle épreuve imprimée en couleurs, sans marges, encadrée.

JANINET (Fr.)

87. — Colonade et jardins du Palais Médicis, d'après H. Robert.

Belle épreuve imprimée en couleurs, marges.

JANINET (Fr.)

88. — La Noce de Village. — Le Repas des Moissonneurs. Deux pièces faisant pendants, d'après P.-A. Wille, in-fol. en larg.

Très belles épreuves imprimées en couleurs, rognées au deuxième encadrement de filets.

JANINET (Fr.)

89. — Les Nourrices, d'après Fr. Boucher, in-4.

Très belle épreuve imprimée en bistre. Petites marges, encadrée.

KAUFFMAN (d'après Ang.)

90. — *Harcourt* (Dutchess of), par Fr. Bartolozzi. Ovale in-4.

Très belle épreuve imprimée en bistre, rognée à l'ovale, encadrée.

KAUFFMAN (d'après Ang.)

91. — Happines and Wisdom, Slovers and fair heaven.
Ovale in-4, par Bartolonii.

Belle épreuve, marges, encadrée.

KNELLER (d'après J.)

92. — *Chicheley* (Mrs Sarah), par I. Smith, à la manière
noire.

Belle épreuve, petites marges, encadrée.

KNELLER (d'après)

93. — *Grafton* (The Dutchess of), par I. Smith, à la
manière noire.

Belle épreuve, petites marges, encadrée.

LAVREINCE (d'après Nic.)

94. — L'Assemblée au concert, par F. Dequevauviller
(E. B. 5.)

Belle épreuve, la tablette du bas est rognée.

LAVREINCE (d'après Nic.)

95. — Le Lever des Ouvrières en modes, par Dequevauviller (36).

Belle épreuve, marges, encadrée. (Légères restaurations.)

LAVREINCE (d'après Nic.)

96. — Nina, par Colinet, in-4 (41).

Belle épreuve imprimée en bistre, marges.

LAVREINCE (d'après Nic.)

97. — Le Restaurant, par Deny (53).

Belle épreuve, sans marges, encadrée. (Petit raccommodage dans le bas de l'estampe).

LAVREINCE (d'après Nic.)

98. — La Sentinelle en défaut, par Darcis (58).

Belle épreuve, grandes marges, cadre en baguette ancienne dorée.

LAWRENCE (d'après Sir Th.)

99. — *Siddons* (M⁽ᵉ⁾), représentée en Lavallière, par Lewis, in-4.

Très belle épreuve en couleurs, grandes marges, encadrée.

LAWRENCE (d'après Sir Th.)

100. — *Siddons* (Miss), fille de la précédente, par Lewis, in-4.

Très belle épreuve en couleurs, grandes marges, encadrée.

LE BRUN (d'après)

101. — Le Charme de la liberté ou l'Amour vaincu. —
L'Épouse mal gardée ou le Mariage à la Mode. —
L'Heureux Ménage ou les Epoux Vertueux. — La
Liberté Perdue ou l'Amour Couronné. Suite de
quatre pièces faisant pendants, gravées par
Dambrun et Martini.

Très belles épreuves avec marges, encadrées.

LE BRUN (d'après)

102. — La Toilette de la Mariée ou le jour désiré, par
Dambrun, in-4.

Belle épreuve, petites marges.

LEGRAND FURSY (Excudit)

103. — *Caroline de Lichtfield*, par Elie Auvray, 1788,
en médaillon.

Très belle épreuve imprimée en couleurs, grandes marges.
Cadre ancien en bois sculpté et doré de l'époque Louis XVI.

LE PRINCE (d'après J.-B.)

104. — The Pleasures of Solitude par L. Marin, in-4.

Très belle épreuve imprimée en couleurs, marges, encadrée.

MEDLEY (d'après S.)

105. — Morning of life, par **P.-W.** Tomkins, 1803, in-4.
Belle épreuve en couleurs, petites marges, encadrée.

METZU (d'après)

106. — Dame cachetant une lettre, par James Watson,
in-fol. à la manière noire.
Très belle épreuve avant la lettre, sans marges de trois côtés.
(Légèrement frottée sur la tablette).

MOREAU (d'après)

107. — Ceremony of the Te Deum by the allied Armies
on the square of Louis **XV** at Paris.
Belle épreuve en couleurs, marges, encadrée.

MOREAU LE JEUNE (J. M.)

108. — Le Bal Paré. — Le Festin Royal. — L'Arrivée de
la Reine à l'Hôtel de Ville. — Le Feu d'Artifice.
Suite de quatre pièces publiées par la Ville de
Paris en l'honneur de la naissance du Dauphin, 1783.
Très belles épreuves du 1er tirage, marges, encadrées.

MOREAU LE JEUNE (d'après J.-M.)

109. — La Douce impression de l'harmonie, par N. de
Launay, 1777, in-4.
Belle épreuve, marges. (Les nos ont été grattés).

MULLER (A.)

110. — La Promenade d'Hyde Park.

Gravure en couleurs, sans marges, signée par l'artiste.

NEWTON (I.)

111. — *Devonshire* (D^{sse} of), in-4 en larg.

Belle épreuve imprimée en bistre et en couleurs, petites marges, encadrée.

PATER (d'après J.-B.)

112. — La Belle Bouquetière, terminé au burin par Fillœul.

Très belle épreuve, marges, encadrée.

PATER (d'après J.-B.)

113. — Le Colin-Maillard, par Fillœul.

Très belle épreuve, petites marges, encadrée.

PERNET (d'après)

114. — Ruines Romaines. Deux pièces en médaillons faisant pendants.

Belles épreuves imprimées en couleurs, sans marges, encadrées.

PERNET (d'après)

115. — Le Temple de Mars, par Guyot, in-4.

Très belle épreuve imprimée en couleurs, marges, encadrée.

PETERS (d'après W.)

116. — Of Such is the Kingdom of God. — The Spirit of
a Child Arrind in the présence of the Almighty.
Deux pièces faisant pendants gravées par Amb.
Le Grand, in-fol.

Très belles épreuves imprimées en couleurs, marges.

PÉZARD (chez le citoyen)

117. — L'Amant Berger. — Les Bergères. Deux petites
pièces en médaillons faisant pendants.

Belles épreuves imprimées en bistre, marges

REYNOLDS (d'après Sir J.)

118. — *Angels*. Portrait of Lady Isabella Ker Gordon in
five positions, par W. Ward, in-4 à la manière
noire.

Très belle épreuve, grandes marges, encadrée.

REYNOLDS (d'après Sir J.)

119. — *Marlborough* (Caroline Dutchess of), with **Lady
Caroline Spencer**, her Daughter ; in-fol. à la
manière noire, par James Watson.

Très belle épreuve, marges.

ROBERT (d'après Hub.)

120. — L'Hermite du Colisée. — La Prière Interrompue.
Deux pièces faisant pendants gravées par Descourtis et Morret.

Belles épreuves imprimées en couleurs, marges, encadrées.

ROMNEY (d'après)

121. — La Raison et les Grâces, par Bonnefoy. Ovale in-4.
Belle épreuve imprimée en bistre et en couleurs, marges.

ROWLANDSON ET PUGIN

122. — Billingsgate Market, par J. Bluck, in-4 en larg.
Belle épreuve en couleurs. Cadre en bois sculpté et doré.

ROWLANDSON ET RIGIN

123. — Vauxhall Garden, gravé à l'aquatinte, par J. Blück.
Très belle épreuve en couleurs, marges, encadrée.

RUOTTE

124. — Femme à sa toilette.

Très belle épreuve imprimée en couleurs, sans marges, encadrée.

SABLET (d'après F.)

125. — Maison Philantropique de Paris, 1781. *Deuxième ouvrage de l'auteur dédié* par la reconnaissance à la Société philanthropique de Paris; in-fol., par L. Perrot, 1786.

Très belle épreuve imprimée en couleurs, grandes marges, encadrée.

SCHALL (d'après)

126. — Histoire de Paul et Virginie. Suite de six pièces in-fol. en larg. Gravées par Descourtis.

Très belles épreuves imprimées en couleurs, grandes marges.

SERGENT (d'après)

127. — L'Agriculture Considérée, par Morret, 1789, in-4 en larg.

Très belle épreuve imprimée en couleurs, encadrée.

SHERWIN (d'après J.-K.)

128. — Le Village abandonné, par Chaponnier, in-fol. en larg.

Très belle épreuve imprimée en couleurs, petites marges. Cadre ancien en baguette dorée.

SICARDI (d'après)

129. — Le Petit Gourmand pris en défaut, par Mécou,
in-fol.

Très belle épreuve imprimée en couleurs, petites marges,
encadrée.

SIMPLETON

130. — *Byrne* (Portrait de Master Gérard). In-12.

Très belle épreuve imprimée en bistre, sans marges, encadrée.

SMITH (J.-R.)

131. — A Visit to the Grand-Mother, d'après Northcote.
1785. In-fol.

Très belle épreuve imprimée en bistre, petites marges.
Cadre en baguette ancienne, dorée.

SMITH (d'après J.-R.)

132. — A Widow, par Levilly.

Très belle épreuve imprimée en bistre, marges, encadrée.

SPICER (d'après H.)

133. — *Chambers* (M"), par Benj. Smith. 1788. Ovale
in-8.

Très belle épreuve avant la lettre, imprimée en bistre,
grandes marges, encadrée.

TARDIEU (Alex.)

134. — *Marie-Antoinette* en Vestale, d'après F. Dumont.
In-fol.

Très belle épreuve avant la lettre. Les noms d'artistes tracés
à la pointe. Grandes marges, encadrée.

VORUZ (E.)

135. — Feuilles de Marronnier. Vue de Notre-Dame dans
le fond.

Gravure en couleur, tirage à 30 épreuves, n° XXII.

WATTEAU (d'après Ant.)

136. — Les Agréments de l'Esté, par Jacques de Favannes.

Belle épreuve, petites marges, encadrée.

WATTEAU (d'après Ant.)

137. — La Danse Paysanne, par B. Audran.

Belle épreuve, petites marges, encadrée.

WATTEAU (d'après Ant.)

138. — Diane au bain, par Aveline (36).

Très belle épreuve, grandes marges, encadrée.

WATTEAU (d'après Ant.)

139. — Les Saisons. Suite de quatre pièces en larg., gravées par de Larmessin, Moyreau, Brillon et Audran.

Très belles épreuves, marges, encadrées.

WERNER (d'après)

140. — Le Désir, par Jordanis. Ovale in-4.

Très belle épreuve imprimée en couleurs. Marges. Cadre en bois sculpté ovale avec fronton ruban.

WESTALL (d'après R.)

141. — A Boy Anglind. — A Boy mending his net. — A Girl Gathering Mushrooms. — The Little domestic. Suite de quatre pièces gravées par Bartolotti en larg.

Très belles épreuves imprimées en couleurs, grandes marges, encadrées.

WESTALL (d'après R.)

142. — A Boy Anglind. — A Boy mending his net. — A Ferm-Cutter's Child. — A Girl Gathering Mushroms. — Girl and Pigs. — The Little domestic. Suite de six pièces in-4 en larg., gravées par Bartolotti.

Belles épreuves coloriées, marges. (Les noms de graveurs ont été grattés et remplacés par celui de Bartolozzi).

WILLE fils (d'après P.-A.)

143. — Le Miroir consulté, par Vidal.

Très belle épreuve imprimée en couleurs, grandes marges, encadrée. (Légers frottements sur la gravure).

WILLETTE (A.)

144. — Ils grognaient et marchaient toujours. Lithogr. gr. in-fol., d'après Raffet.

Belle épreuve.

Grande Imprimerie du Centre. — Moulins.